KB197411

구구옥

이별을 도와드립니다

구구옥

ⓒ 백혜영, 참깨 2025

1판 1쇄 발행 2025년 1월 30일

글 백혜영 | **그림** 참깨
펴낸이 권준구 | **펴낸곳** (주)지학사
편집장 김지영 | **편집** 박보영 이지연 | **기획 · 책임편집** 이지연
디자인 이혜리 | **마케팅** 송성만 손정빈 윤술옥 이채영 | **제작** 김현정 이진형 강석준 오지형
등록 2010년 1월 29일(제313-2010-24호) | **주소** 서울시 마포구 신촌로6길 5
전화 02.330.5263 | **팩스** 02.3141.4488 | **이메일** arbolbooks@jihak.co.kr
ISBN 979-11-6204-184-0 73810
잘못된 책은 구입하신 곳에서 바꿔 드립니다.

제조국 대한민국   사용연령 8세 이상
KC마크는 이 제품이 공통안전기준에 적합하였음을 의미합니다.

지학사아르볼   아르볼은 '나무'를 뜻하는 스페인어. 어린이들의 마음에
담긴 씨앗을 알찬 열매로 맺게 하는 나무가 되겠습니다.
홈페이지 www.jihak.co.kr/arbol | **포스트** post.naver.com/arbolbooks

이별을 도와드립니다

구구옥

글 백혜영 그림 참깨

어린이
환영

지학사아르볼

차례

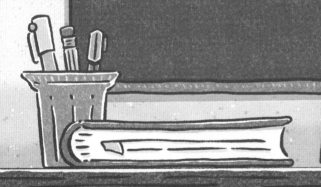

1장

최고의 저승차사에게 떨어진 벌

내 이름은 구구.

출근 준비 좋이지.

구구가 이마 위로 뽕긋 솟은 털을 바라봤어. 늘 그렇듯 '99' 모양이 아주 멋스러워 보였지.

"다음 단계. 이게 가장 중요하지."

구구가 서랍을 열고 배지를 꺼냈어. '최고의 저승차사'로 뽑혔을 때 받은 배지였지. 구구는 왼쪽 가슴에 정성껏 배지를 달았어.

자연스레 그때 일이 떠올랐어. 벌써 50년 전이지만, 마치 어제 일처럼 생생했지. 아직 99년밖에 살지 않은 비둘기 구구는 기억력이 좋거든.

큰 홍수가 일어나 유난히 이승에 죽은 자가 많던 해였어. 당연히 구구 같은 저승차사들도 눈코 뜰 새 없이 바빴지. 저승은 잠시도 쉴 틈 없이 돌아갔고, 여기저기서 실수가 터져 나왔어. 이름을 헷갈려 아직 수명이 한참 남은 사람을 저승으로 데려오는가 하면, 지친 나머지 이승에서 깜빡 잠이 들었다가 딱 걸린 차사도 수두룩했지.

심지어 저승으로 데려와야 할 사람에게 먹을 걸 얻어먹다가 아예 놓쳐 버린 차사도 있었어.

생각에 잠겨 있던 구구가 거울 속 자신과 눈을 맞추었어.

"하지만 나, 구구는 다르지."

하루가 멀다 하고 차사들이 사고를 치던 그때, 구구만큼은 단 한 번의 실수도 하지 않았어. 누구보다 빠르고 완벽하게 차사 일을 해냈지. 결국 구구는 그해에 가장 많은 망자를 저승으로 데려왔고, 최고의 저승차사에도 뽑혔어. 그리고 그건 지금까지도 구구의 가장 큰 자랑거리야.

"흠, 완벽해."

구구의 입꼬리가 저도 모르게 위로 쓱 올라갔어. 빈틈없이 완벽한 저승차사로 변신한 자기 모습을 보고 구구는 고개를 빳빳이 세웠어.

"이제 슬슬 오늘의 망자를 인도하러 가 볼까?"

구구가 네모반듯한 서류 가방을 챙겨 들고 도도하게 걸어 나갔어.

저승이 오늘따라 와글와글해. 구구는 여기저기 구경하고 떠드는 망자들을 보며 표정을 잔뜩 구겼어.

'저승 온 게 그렇게 신나나? 참으로 한심한 망자들이로군.'

구구는 시끄러운 건 딱 질색이거든. 그저 조용히 할 일을 하고 싶을 뿐.

개중 망자들 말에 하나하나 맞장구치면서 함께 떠드는 저승차사들도 보였어. 구구는 혀를 끌끌 찼어.

'저런 차사들은 반성문을 한 99장쯤 써야 정신을 차리지.'

망자는 죽은 자, 저승차사는 그런 망자를 염라대왕 앞에 인도하는 자야. 가끔 자기가 죽었다는 사실을 받아들이지 못하거나 염라대왕한테 가기 싫다고 떼쓰는 망자들이 있어.

한마디로…….

그럴 때를 대비해 저승차사는 망자 앞에서 늘 엄격하고 근엄한 태도를 유지해야 하지.

망자들이 만만하게 보지 못하도록.

'저 수다쟁이 차사들은 교육받을 때 졸았던 게 틀림없어.'

구구는 문제 많은 차사들에 대해 조목조목 정리해 강림에게 보고서를 제출해야겠다고 마음먹었어. 강림은 차사들의 우두머리야. 저승의 기강을 바로 세울 책임이 있지.

구구는 네모반듯한 서류 가방에서 구김 하나 없는 서류 두 장을 꺼냈어. 오늘의 망자 정보가 적혀 있는 종이였지.

구구가 오늘 염라대왕에게 데려가야 할 망자는 여섯 살 꼬마와 한 살 난 고양이였어.

시끄러운 저승을 뒤로하고 구구는 눈 깜빡할 새 이승으로 내려갔어. 그리고 최고의 저승차사답게 완벽한 솜씨로 망자 둘을 저승으로 데려왔지. 여느 때처럼 모든 게 순조로워 보였어. 하지만 꼬마의 입, 그 입이 문제였어. 안 그래도 시장통 같던 저승을 보고 신경이 잔뜩 곤두서 있던 구구에게 꼬마가 끊임없이 말을 걸어왔거든.

"와, 비둘기가 새까만 양복을 입고 있네. 네모난 가방까지 들고!"

"……."

"뭐야 뭐야, 진짜진짜 신기해! 근데 우리 지금 어디 가는 거야? 비둘기 나라? 놀이동산? 설마 우주여행? 완전 신나!"

"……."

구구는 꼬마 말에 단 한마디도 대꾸하지 않았어. 그럴수록 꼬마는 말도 안 되는 상상의 나래를 펼치며 잘도 떠들었어.

"냐아옹, 너 정말 귀엽다. 해맑고 순수해. 옆에 있는 것만으로도 기분이 좋아지는 게 꼭 우리 집사 같다옹."

구구의 마음도 모르고 옆에 있던 고양이가 엉뚱한 소리를

했어. 고양이 말에 꼬마는 더욱 신이 난 것처럼 보였지. 그
뒤로 둘은 99년은 함께한 단짝처럼 1초도 쉬지 않고 수다를
떨었어. 구구는 머리가 지끈지끈 아팠어.

'더는 못 참아.'

마침내 구구가 매섭게 눈을 치뜨고는 한마디를 툭 내뱉었어.

"소풍 왔어?"

방방 뜬 분위기에 찬물을 확 끼얹는 구구의 말에 꼬마랑
고양이의 눈이 커졌어. 꼬마가 입을 삐죽거리며 중얼거렸지.

"칫, 태어나서 처음 와 보는 데라 소풍 온 것 같기도 하다,
뭐……."

"하아."

구구 입에서 한숨이 새어 나왔어. 구구가 꼬마 눈을 똑바
로 바라보며 한 글자, 한 글자 힘주어 말했지.

"꼬마야, 넌 방금 죽었어. 아무리 여섯 살이라도 죽는다는
게 뭔지는 알지?"

"……."

꼬마가 처음으로 대꾸하지 않았어.

"앞으로 엄마, 아빠도 못 보고, 친구들도 영영 만나지 못
할 거야. 그런데 소풍 같다고? 꿈 깨."

　구구의 말이 끝나자마자 꼬마가 으아앙 울음을 터트렸어.
엄청나게 충격을 받은 표정이었지.

꼬마의 울음소리가 어찌나 큰지 저승이 떠나갈 듯 쩌렁쩌
렁 울렸어. 고양이가 나서서 달래 보았지만 꼬마는 울음을
그치지 않았어.

'정말이지 골치 아픈 꼬마로군.'

"대체 이 아이가 왜 울음을 그치지 않는 것이냐?"

염라대왕이 꼬마를 가리키며 구구에게 물었어. 구구는 그저 어깨를 으쓱하고 말았지. 지금 막 꼬마와 고양이를 염라대왕 앞에 데려온 참이야. 고양이가 구구를 휙 째려보았어. 그러고는 토도독 뛰어 염라대왕 앞에 서지 뭐야.

"제가 한말씀 드려도 될까요옹?"

당차게 나서는 고양이를 보고 염라대왕이 고개를 끄덕였어. 그사이에도 꼬마는 계속해서 울고 있었지. 고양이가 입을 열었어.

"이 귀엽고 사랑스러운 아이를 울린 건 바로 쟤예요!"

고양이의 앞발이 정확히 구구를 가리켰어. 고양이는 구구가 꼬마에게 한 말을 토씨 하나 안 빠트리고 그대로 염라대왕에게 일러바쳤어. 고양이도 구구 못지않게 기억력이 좋았거든. 고양이가 한마디 한마디 내뱉을 때마다 염라대왕의 얼굴이 점점 일그러졌어.

"이제 아셨죠옹?"

고양이가 야무지게 자기 할 말을 끝내고서는 다시 한번 구구에게 눈을 흘겼어. 염라대왕이 구구를 보고 한숨을 푹 내쉬며 낮게 읊조렸어.

"당장 저 아이에게 사과하거라."

염라대왕은 간신히 화를 꾹꾹 누르고 있는 것처럼 보였지.

구구가 고개를 빳빳이 들고 따져 물었어.

"제가 왜 사과해야 합니까?"

"그건 나보다 네가 더 잘 알지 않느냐?"

"모르겠습니다. 저는 그저 천지 분간 못 하고 떠드는 꼬마에게 정확한 사실을 알려 줬을 뿐이니까요."

염라대왕이 버럭 소리를 질렀어.

"어허, 뭘 잘했다고 저리 큰소리를!"

그래도 기죽지 않는 구구를 보고 염라대왕의 수염이 파르르 떨렸어.

"안 되겠다, 당장 강림을 불러오라."

염라대왕의 명이 떨어지자 곧 강림이 불려 왔어.

"강림, 자네는 차사 관리를 어찌 하는 것인가?"

염라대왕은 강림을 보자마자 크게 꾸짖었어. 무슨 일이 있었는지 알게 된 강림은 얼굴이 홧홧 달아올랐지.

망자를 편안하게 저승으로 인도하는 것. 그건 저승차사가 지켜야 할 첫 번째 수칙이었거든. 구구는 망자를 데려오는 일에만 신경 쓰고 망자의 마음을 돌보아야 한다는 건 깡그리 잊은 거야.

더 큰 문제는 구구가 자기 잘못을 전혀 깨닫지 못한다는
데 있었어. 안 그래도 요즘 들어 온 저승에 구구를 향한 불만
이 쏟아지던 참이었어.

함께 일하는 차사들은 물론 망자들까지, 가는 곳마다 구구
에 대한 불만은 끝도 없이 쏟아졌어. 그런데 이제는 하다 하
다 염라대왕에게까지 단단히 찍히고 말았지 뭐야?

"노여움 푸십시오. 구구는 제가 잘 타이르겠습니다."

강림은 염라대왕에게 이렇게 말하고 물러 나왔어.

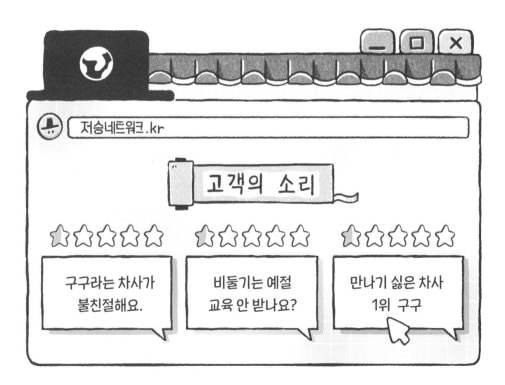

구구는 강림의 말을 듣고 기분이 상했어.

'대체 내가 뭘 잘못했다는 거야? 타이를 차사는 내가 아니라 저승 분위기를 흐리는 그 수다쟁이 차사들이라고.'

구구를 자기 사무실로 데려온 강림은 한동안 생각에 잠겼어. 책상 위에는 구구에 대한 불만이 잔뜩 담긴 차사들의 보고서가 수북이 쌓여 있었어.

'구구의 버릇을 어떻게 고친담.'

강림은 문득 백 살 버릇 만 살까지 간다는 저승 속담이 떠올랐어. 강림의 몸이 절로 떨렸어. 내년이면 구구는 저승 나이로 딱 백 살이 되거든. 그건 곧 지금 버릇을 고쳐 놓지 못하면 앞으로는 오늘보다 더 곤란한 일이 펼쳐진다는 뜻이야. 그럼 저승은 하루도 조용할 날이 없겠지.

강림은 구구의 눈을 가만히 바라보았어. 뭇 차사들의 반대에도 불구하고 구구의 능력을 한눈에 알아보고 저승차사로

뽑은 이가 바로 강림이야. 비둘기가 차사로 뽑힌 건 구구가 처음이었지.

강림은 구구가 누구보다 능력 있고 똑똑하다고 생각했어. 다른 이의 마음을 조금만 헤아릴 줄 알게 된다면 정말이지 최고의 저승차사가 될 터였지.

강림은 마침내 마음을 먹고 천천히 입을 열었어.

"구구, 당분간 차사 일은 내려놓거라."

하늘이 무너질 것 같은 소리에 구구가 깜짝 놀랐어. 구구는 누구보다 자기 일을 사랑하거든.

"그게 무슨 말씀입니까? 꼬마 한 명 울었다고 그런 큰 벌을 내리시다니요?"

"아직도 깨닫지 못했구나."

강림은 한숨을 푹 내쉰 뒤 말을 이었어.

"지금 당장 이승으로 내려가거라. 이별한 아이의 마음을 다치게 했으니, 이승에서 이별로 슬퍼하는 아이들의 마음을 위로해 주고 와. 그게 이번 일에 대한 벌이자, 네가 차사직 대신 수행해야 할 임무다."

"대체 제가 왜······."

"명령이다."

강림은 구구의 말을 단호하게 끊었어. 구구는 그만 입을
꾹 다물었어. 한낱 저승차사로서 강림의 명을 어길 수는 없
으니까. 그랬다가는 차사 자리를 영영 잃을지도 몰라.

구구는 자기 방으로 돌아와 조용히 짐을 쌌어. 갈아입을 셔츠와 양복 한 벌, 그리고 네모반듯한 서류 가방을 챙겼지. 물론 날마다 가슴에 달고 다니는 금빛 배지도 잊지 않았어.

강림은 저승을 떠나는 구구를 안타깝게 바라보았어. 늘 당당하던 구구가 고개를 푹 숙인 채 걷고 있었거든. 강림은 구구가 부디 다른 이의 슬픔에 공감할 줄 아는 차사가 되기를 빌었어.

"구구, 나는 네가 잘 해내리라 믿는다."

잠시 뒤, 강림은 펜을 들어 무언가를 쓰기 시작했어.

염라대왕님께.

구구는 저승차사 일을 잠시 내려놓고
이승으로 임무를 수행하러 떠납니다.

◈ **임무**: 이별로 슬퍼하는 아이 위로해 주기
◈ **임무 수행 이유**: 어린 망자를 울린 벌
◈ **기한**: 구구가 다른 이의 마음에 공감하는 법을 배울
　　 때까지

강림 올림.

구구는 이승에 내려오자마자 정신없이 바빴어. 이승에 머물며 임무를 수행하려면 자기만의 공간부터 필요했지. 마침 오래된 책방 하나가 눈에 띄었어. 기와지붕이 멋스러운 자그마한 한옥이었어. 장사가 안 돼 얼마 전 문을 닫은 곳이었지.

"최고의 저승차사가 머물기엔 낡았지만 어쩔 수 없지."

책방에는 '구구옥'이라는 새 간판이 걸렸어. 그렇게 하루, 이틀…… 어느덧 구구가 이승에 온 지 닷새째가 되었어. 하지만 누구 하나 구구옥의 문을 두드리지 않았지.

홀로 앉아 손님을 기다리던 구구가 입을 쩍 벌리며 하품을 했어. 기다리는 손님은 안오고 파리 한 마리가 왱왱 날아다녀 신경을 거슬리게 했어.

구구가 날개를 휘익 휘둘렀어. 하지만 파리는 구구를 놀리기라도 하듯 왱 소리를 내며 천장 위로 날아올랐지.

"에잇, 최고의 저승차사가 이게 대체 무슨 꼴이람."

왈칵 짜증이 나던 그때, 구구 머릿속에 좋은 생각이 반짝 떠올랐어.

"그래, 찾아오지 않으면 찾아 나서야지."

구구는 구구옥을 알리는 포스터를 만들기로 했어. 네모반듯한 서류 가방에서 도화지를 꺼낸 구구는 이별로 눈물 콧물 쏙 빼고 있을 아이들의 눈길을 단박에 사로잡을 문구를 휘리릭 적었어. 구구옥까지 찾아오는 길도 자세히 그렸지. 얼마 안 가 멋들어진 홍보 포스터가 만들어졌어.

"왜 진즉 이 생각을 못 했나 몰라. 아까운 시간만 버렸네."

구구는 가방에 포스터를 넣고는 고개를 빳빳이 세운 채 구구옥 문을 열고 도도하게 걸어 나갔어.

30

2장

안녕, 백설기

첫 번째 의뢰인 :
백정연

"나도 동생 낳아 주세요!"

정연이는 퇴근하고 막 집에 들어서는 아빠에게 다짜고짜 소리쳤어. 아빠는 심드렁하게 대답했어.

"또 그 소리야? 안 된다고 했잖아."

아빠가 피곤한 표정으로 터덜터덜 화장실로 들어갔어. 정연이는 아빠 뒤를 쫄래쫄래 쫓아가며 포기하지 않고 외쳤지.

"대체 왜 안 되는데~! 나도 예지랑 해민이처럼 동생 갖고 싶다고요!"

쏴아아아ー.

정연이 말은 아빠가 튼 수돗물 소리에 묻히고 말았어. 아빠는 어푸어푸 소리를 내며 요란하게 세수를 했어. 정연이가 아무리 말해 봤자 들리지도 않을 것 같았지. 정연이가 입을 삐쭉 내밀며 한쪽 발을 쿵 굴렀어. 그때 현관문 열리는 소리가 들렸어.

"엄마다!"

정연이는 쪼르르 뛰어나가 엄마를 맞았어. 정연이는 엄마에게도 동생을 낳아 달라고 졸랐지. 무조건 안 된다는 아빠와 달리 엄마는 조목조목 이유를 들었어.

"정연아, 엄마랑 아빠는 동생을 낳아 줄 수 없어. 왜냐?"

엄마가 손가락을 하나씩 펴며 말했어.

"첫째, 아기를 낳기엔 엄마 아빠 모두 나이가 너무 많아.

둘째, 지금도 회사 일 때문에 무척 바쁜데 아기를 어떻게 돌보겠니?"

엄마가 잠시 정연이 표정을 살피며 말을 이었어.

"그리고 마지막 셋째. 이게 정말 정말 중요한 이유인데 말이야. 엄마 아빠는 정연이 하나만으로도 충분히 행복해!"

엄마는 그렇게 말하고는 한쪽 눈을 찡긋했어.

"피, 됐어요!"

정연이는 팽 토라져 방으로 들어왔어. 그러고는 침대에 벌러덩 드러누워 천장을 향해 마구 발을 굴렀지.

"엄마 아빠만 행복하면 뭐 해! 나는 하나도 안 행복한데."

물론 엄마 말을 완전히 이해 못 하는 건 아니야. 정연이도 이제 어엿한 4학년이니까. 그래도 동생이 있는 친구들을 볼 때마다 샘이 나는 걸 어떡해?

정연이의 단짝인 예지랑 해민이는 늘 동생 손을 잡고 다녀. 수업이 끝나고도 동생들과 놀이터에 가서 놀 때가 많지. 정연이도 옆에 끼어 놀긴 하지만, 형제자매끼리 둘둘 짝지어 있는 틈에서 혼자 외톨이처럼 느껴질 때가 많아.

다음 날. 피아노 학원이 끝나고 집에 가는 길이었어. 편의점 옆 좁은 골목에 노란 털 뭉치가 보이지 뭐야? 정연이가 가까이 다가가 살펴보니 작은 고양이였어.

고양이는 기운이 없는지 바닥에 축 늘어져 있었어. 누런색 털은 꼬질꼬질 지저분하고, 뼈가 앙상하게 보일 정도로 삐쩍 말라 보였지.

정연이가 조심조심 다가가자 고양이가 고개를 살짝 들었어. 고양이의 눈동자가 투명하게 빛났어.

"귀여워."

정연이가 저도 모르게 말을 뱉었어. 정연이 말에 고양이가 '냐아옹' 하고 울었어.

"배고프니? 안 되겠다."

정연이는 뒤로 홱 돌아 편의점 문을 열고 들어갔어. 그러고는 얼른 고양이용 참치 캔 하나를 사서 내밀었지. 고양이는 잠시 머뭇거리더니 캔에 머리를 박고 정신없이 먹어 치웠어. 정연이는 쪼그려 앉아 그 모습을 가만히 지켜보았어.

그 뒤로 정연이는 날마다 고양이를 만났어. 편의점 직원 말로는 버려진 고양이 같다고 했어. 한 달 가까이 어미 고양이는 보이지 않고, 새끼 혼자 편의점 근처를 기웃거린다고.

고양이는 정연이를 보면 나릿나릿 다가와 발밑에 가만히 몸을 기댔어. 정연이가 챙겨 준 먹이 덕분인지 어느새 백설기 떡처럼 포실하게 살도 올랐지.

그렇게 보름쯤 지난 어느 날, 마침내 정연이에게도 동생이 생겼어. 세상에서 가장 특별한 고양이 동생이었지! 엄마 아빠에게 허락을 받고 고양이를 집에 데려올 수 있었던 거야.

정연이가 백설기를 꼭 끌어안았어. 백설기도 냐아옹 울었지. 그렇게 정연이와 백설기 앞날에는 꽃길만 펼쳐질 줄 알았어. 그런데…….

백설기는 정연이에게로 온 지 석 달 만에 그만 하늘나라로 떠나고 말았어. 정연이는 밤마다 눈이 퉁퉁 붓도록 울었어. 밥도 잘 먹지 못했지. 날마다 백설기가 생각났거든.

오늘도 정연이는 놀이터 그네에 홀로 앉아 훌쩍이고 있었어. 예지랑 해민이는 동생들과 함께 먼저 집으로 돌아간 뒤였지.

"나도 동생 있었는데……. 세상에서 가장 사랑스러운 내 동생이었는데……."

정연이는 가만히 하늘을 올려다보며 백설기 얼굴을 떠올렸어. 그때 미끄럼틀 지붕에 무언가 희끄무레하게 붙어 있는 게 보였어. 정연이가 미끄럼틀 위로 올라가자, 도화지 위에 '구구옥'이라고 커다랗게 적어 놓은 글씨가 보였지.

"구구옥? 새로 나온 과자 이름인가."

정연이는 천천히 종이에 적힌 글을 읽어 보았어.

"피, 누가 이런 시시한 장난을 친 거야."

정연이는 미끄럼틀 지붕 밑에 붙어 있는 포스터를 탁 떼었어. 그대로 쓰레기통에 버릴 생각이었거든. 그런데 자꾸만 '이별', '눈물'이라는 단어가 정연이 마음을 잡아끌었어.

정연이 발걸음이 저도 모르게 구구옥으로 향했어.

딸랑.

경쾌한 종소리와 함께 구구옥의 문이 열렸어. 책상 앞에 앉아 꾸벅꾸벅 졸고 있던 구구가 자리에서 벌떡 일어섰어.

눈이 퉁퉁 부은 여자아이가 문을 열고 빼꼼 고개를 내밀고 있었어. 바로 정연이었지.

"저, 여기가……."

구구는 구구옥을 찾아온 첫 손님을 보고 재빨리 이마 위에 난 털을 매만지고, 옷매무새를 다듬었어.

"큼큼, 어서 오렴."

구구는 첫 손님을 놓칠세라 최대한 부드러운 목소리로 입을 열었어. 소름이 토도독 돋았지만 어쩔 수 없지, 뭐.

정연이가 고개를 갸우뚱하며 중얼거렸어.

"어라, 비둘기만 있잖아? 나는 최고의 저승차사 구구를 찾아왔는데……."

"그럼 제대로 찾아왔네. 딱 봐도 내가 최고의 저승차사처럼 보이지 않니?"

구구가 9자로 꼬부라진 앞머리를 매만지며 도도하게 말했어. 비둘기 저승차사를 보고 정연이는 잠시 놀라는 듯했지만, 곧 홍보 포스터를 내밀며 당돌하게 물었어.

"그럼 네가 내 눈물을 쏙 들어가게 해 줄 수 있는 거야?"

"그야 물론이지. 최고의 저승차사에게 그깟 눈물쯤 쏙 들어가게 하는 건 일도 아니거든."

정연이는 자신 있게 말하는 구구를 보고 구구옥 안으로 성큼 들어섰어. 오래된 나무 책상을 사이에 두고 구구와 정연이가 마주 앉았어.

구구는 서류 가방에서 종이와 연필을 꺼내며 물었지.

"이름."

툭 뱉은 구구의 말에 정연이가 되물었어.

"내 이름을 묻는 거니?"

"그럼 누구겠어? 여기 너랑 나, 둘뿐인데."

"아……, 내 이름은 백정연이야."

구구가 종이에 의뢰인 이름을 적으며 물었어.

"그래, 백정연. 대체 누구와 이별했기에 그렇게 눈이 퉁퉁 붓도록 울었지?"

"그게, 내 동생이…… 골목에서 처음 봤는데, 갑자기 못 먹고 누워만 있고 그러다…… 병원도 갔었는데…… 학교 갔다 와서 보니까, 흑."

정연이는 말을 채 끝맺지 못한 채 울음을 터트렸어.

구구는 한숨을 푹 쉬었어. 정연이가 하는 말을 도무지 알아들을 수 없었거든. 제대로 설명도 하지 않고 울음부터 터트리다니. 이러면 위로는커녕 아무것도 해 줄 수 없잖아.

'뚝' 하고 외치는 소리에 놀란 정연이가 딸꾹질을 했어. 잠시 울음을 멈춘 정연이에게 구구가 재빨리 말했어.

"지금처럼 울기만 하면 아무리 최고의 저승차사라 해도 널 도울 수 없어. 하고 싶은 이야기는 똑바로, 제대로, 울지 말고. 알겠니?"

정연이가 고개를 끄덕였어.

"자, 다시."

구구의 말에 정연이는 크게 숨을 들이마셨다 내쉬었어. 그러고는 백설기와 처음 만났던 때부터 찬찬히 이야기를 시작했지. 정연이 이야기를 다 들은 구구가 연필을 탁 내려놓으며 자신만만한 표정을 지었어.

"간단하네."

"간단해? 난 지금 이렇게 슬픈데?"

"간단하지 않을 게 뭐야? 사람도 아니고 고양이라며. 고양이한테 동생이라고 하는 것도 좀 웃기긴 하지만. 뭐, 그건 넘어가고. 백설기인지 백설탕인지 하는 고양이랑 같이 지낸 것도 고작 3개월이라고? 그럼 조금만 지나면 금방 잊어버릴 텐데 뭐가 걱정이지?"

대수롭지 않게 말하는 구구를 보고 정연이 입이 절로 벌어졌어.

"내, 내가 어떻게 우리 백설기를 잊어……."

구구가 이마 위에 난 털을 배배 꼬며 말을 이었어.

"정 슬프면 다른 고양이를 다시 데려오면 되잖아. 세상에 고양이는 많아."

"백설기는 다른 고양이로 대신할 수 없어. 세상 하나뿐인 내 동생이라고!"

발끈하는 정연이를 보고 구구는 땀이 삐질 났어.

'이, 이게 아닌가……?'

위로는커녕 정연이의 화만 돋운 것 같았지. 일이 단단히 꼬이는 느낌이었어.

'간신히 맞은 첫 손님을 이대로 놓칠 수는 없지.'

잠시 고민하던 구구는 큼큼 헛기침을 한 뒤 다시 처음의 부드러운 목소리로 입을 열었어.

"자자, 그렇게 성질내지 말고. 난 그저 너에게 가장 현실

적인 해결책을 제시했을 뿐이야.”

“아무리 그래도 그건 너무했어.”

정연이가 구구를 보고 눈을 흘겼어.

“기분 나빴다면 미안.”

구구는 정연이가 당장이라도 자리를 박차고 나갈까 봐 재빨리 사과했어. 구구의 사과에 마음이 조금 풀어진 정연이가 갑자기 손뼉을 짝 맞부딪치며 외쳤지.

“아! 네가 우리 백설기를 몰라서 그런 말을 하는 거야. 사진 보여 줄게.”

“아니, 난 별로 안 궁금한데.”

정연이는 아랑곳 않고 주머니 속에서 핸드폰을 꺼냈어. 무언가를 한참 뒤적이던 정연이가 구구 앞에 핸드폰을 쓱 내밀었어.

“봐봐, 우리 백설기가 얼마나 귀엽고 사랑스러운지!”

핸드폰 속에는 저승에서도 흔하디흔하게 볼 수 있는 고양이 사진이 잔뜩 있었어. 구구의 눈에는 특별히 귀엽거나 사랑스러워 보이지 않았지.

무엇보다 구구는 똑같은 사진을 왜 이렇게 여러 장 찍었는지 도무지 이해할 수 없었어. 건성건성 사진을 넘겨 보는 구구와 달리 정연이는 고양이에게서 눈을 떼지 못했어.

"봐봐, 이건 백설기가 처음 우리 집에 온 날. 엄마 아빠 보고 수줍어하는 거 봐. 진짜 귀엽지?"

사진 속 고양이를 보며 구구는 고개를 갸우뚱했어.

이게 어딜 봐서
수줍어하는 표정……?

"이건 처음으로 내 침대에 올라와 잔 날이다! 우리 집에 온 지 일주일쯤 됐나? 자는데 갑자기 어깨가 따뜻한 거야. 눈을 떠 봤더니 글쎄 내 어깨에 살포시 기대서 자는 거 있지. 얼마나 사랑스럽던지, 하마터면 눈물 날 뻔했어."

'참 울 일도 많다. 눈물 많은 사람은 무지 피곤한데.'

구구는 정연이가 토라져서 가 버릴까 봐 말을 삼켰어.

"우리 백설기는 내가 주는 참치를 진짜진짜 좋아해. 백설기가 먹는 것만 봐도 기분이 좋아서 간식 먹을 때마다 엉덩이에 뽀뽀를 쪽쪽 해 줬다니까. 헤헤."

'웩, 더러워!'

구구는 하마터면 헛구역질을 할 뻔했어.

그 뒤로도 정연이는 백설기 사진을 하나씩 넘기며 구구에게 조잘조잘 떠들었어. 구구는 꾹 참고 정연이 말을 들었지. 어떻게든 임무에 성공하려면 정연이를 붙잡아 두는 수밖에 없으니까. 정연이가 내미는 비슷비슷한 사진들도 열심히 들여다보는 척했어. 가끔 '그래, 귀엽네', '참 사랑스럽구나' 영혼 없는 말도 내뱉으면서 말이야.

그렇게 한참 동안 정연이 이야기를 듣고, 백설기 사진을 보던 구구의 머릿속에 잊고 있던 기억이 퍼뜩 떠올랐어.

'가만, 이 고양이는……?'

구구는 백설기 얼굴을 자세히 살폈어. 틀림없이 그 고양이였어. 저승에서 울음을 터트렸던 꼬마 옆에 있던 고양이. 염라대왕에게 구구가 한 말을 곧이곧대로 일러바쳤던 그 고양이 말이야. 그때 고양이가 꼬마에게 했던 말도 떠올랐어.

냐아옹, 너 정말 귀엽다. 해맑고 순수해. 옆에 있는 것만으로도 기분이 좋아지는 게 꼭 우리 집사 같다옹.

고양이가 말하던 그 집사가 지금 구구 앞에서 신나게 떠들고 있는 정연이었다니. 구구는 새삼 정연이 얼굴을 다시 들여다보았어. 어쩐지 고양이와 닮은 것 같다는 생각이 들었지.

"후우—."

한창 백설기 이야기를 하던 정연이가 숨을 크게 내쉬었어.

50

그러더니 구구를 보고 한마디를 툭 던졌어.

"고마워."

갑작스러운 정연이 말에 구구가 고개를 갸웃했어.

"아까는 그렇게 성질을 파르르 내더니, 갑자기 왜 이러지?"

정연이가 생긋 웃으며 말했어.

"백설기와의 추억을 나눌 수 있게 해 줘서 고맙다고. 내 이야기 들어 줬잖아. 네 덕분에 마음이 좀 후련해. 위로받은 기분이야."

"위로라고?"

"응. 사실 집에서는 백설기 이야기를 거의 하지 못해. 엄마 아빠는 내가 슬퍼할까 봐 일부러 말씀 안 하시거든. 이렇게 백설기 이야기를 실컷 한 건 정말 오랜만이야."

뜻밖의 반응에 구구는 바보처럼 얼떨떨한 표정을 지었어. 그 모습을 보고 정연이가 '풉' 웃음을 터트렸어.

"너도 가만 보니 우리 백설기처럼 귀엽다."

구구 얼굴이 저도 모르게 빨개졌어. 귀엽다는 말은 지난 99년 동안 단 한 번도 들어보지 못했거든. 구구 마음에 살랑살랑 바람이 불어오는 것 같았어.

정연이가 갑자기 주먹을 불끈 쥐며 말을 이었어.

"나 백정연, 이제 더는 울지 않겠어."

구구 눈이 동그래졌어.

"울보인 줄 알았더니 웬일이야?"

정연이가 입을 앙다물며 야무지게 말했어.

"내가 울면 백설기가 하늘나라에서 더 크게 울지도 몰라. 같이 있을 때도 그랬거든. 내가 울면 나보다 더 크고 슬프게 야옹거렸어."

정연이는 앞으로도 백설기와의 소중한 추억을 마음속에 오래오래 간직하고 기억할 거라고 덧붙였어. 그러면서 구구에게 다시 한번 고맙다고 했지.

'뭐야, 그럼 임무 성공인 건가……?'

구구는 어리둥절하기만 했어. 그러다 생글생글 웃는 정연이 얼굴을 보고 곧 깨달았어. 그저 들어 주는 것만으로도 다른 사람에게 위로가 될 수 있다는 사실을.

자연스레 저승에서 만났던 꼬마 얼굴이 떠올랐어. 어린아이가 낯선 곳에 왔으니 이것저것 궁금한 게 얼마나 많았을까? 아직 자기가 죽었다는 사실도 제대로 받아들이지 못했을 테지.

'그저 꼬마 이야기에 귀 기울이는 것만으로도 저승차사로서의 임무를 다하는 것 아니었을까…….'

구구는 그제야 자기가 꼬마에게 얼마나 큰 실수를 했는지 깨달았어.

"앗, 난 그만 가 봐야겠다. 태권도 학원 갈 시간이거든."

정연이가 한결 편안해진 얼굴로 자리에서 일어섰어. 구구는 저승에서 백설기가 했던 말을 떠올리며 정연이에게 인사를 건넸어.

"해맑고 순수한 백정연, 잘 가라."

그러고는 이내 한마디를 덧붙였지.

"백설기도 행복했을 거야. 널 만나서."

구구 말에 정연이가 생그레 웃었어. 그러고는 한결 밝아진 목소리로 작별 인사를 건넸어.

"안녕, 구구!"

딸랑.

경쾌한 종소리와 함께 문이 열리고, 정연이가 구구옥 밖으로 사뿐사뿐 걸어 나갔어.

업무보고서

첫 번째 의뢰인
백정연(10세, 여)

차사	팀장	대왕

◆ **사연:** 키우던 고양이가 세상을 떠나 슬퍼함.

◆ **느낀 점:** 그저 들어 주는 것만으로도
   누군가에게는 위로가 된다.

3장

비행기 타고
날아간 동생

두 번째 의뢰인 :

이동호

"으아아아앙!"

동호는 옆방에서 들리는 아기 울음소리에 귀를 꽉 틀어막 았어. 소용없었지. 두 살밖에 안 된 아기 목청이 어찌나 큰지 온 집 안이 쩌렁쩌렁 울리지 뭐야. 동호는 참지 못하고 자리 에서 벌떡 일어섰어. 안방 문을 벌컥 여니 엄마가 아기를 품 에 안고 둥가둥가 달래고 있었어.

"아, 쫌!"

동호는 엄마를 향해 왈칵 짜증을 부렸어.

엄마는 동호를 보고는 이리 오라고 손짓했어.

"잠 깼으면 너도 와서 동생 좀 달래 봐."

"됐거든요! 동생은 무슨 동생."

동호는 안방 문을 쾅 닫고 다시 제 방으로 돌아왔어. 그러고는 이불을 머리끝까지 휙 뒤집어썼지.

열흘 전, 엄마가 두 살 난 남자아이를 집으로 데려왔어. 이름은 오정우. 곧 입양될 아이라고 했지. 정우가 온다는 소식을 미리 들어 알고는 있었지만, 막상 만나니 신기하면서도 낯설었어. 조그만 아기를 가까이에서 보는 건 처음이었거든.

엄마는 정우가 새 부모님을 만나기 전까지 잠시 맡아 돌볼 거라고 했어. 떠나기 전 좋은 추억을 많이 만들어 주고 싶다며 눈까지 반짝반짝 빛냈지.

엄마는 15년 동안 회사에 다니다 얼마 전 그만두었어. 그리고 그동안 하고 싶었던 일들을 해 볼 거라고 했지. 첫 번째가 바로 입양을 앞둔 아이를 잠시 맡아 돌보는 일이야.

그 아이들에게 잠시라도 가정의
따뜻한 품을 느끼게 해 주고 싶다는
게 엄마의 마음이었어.

동호는 오지랖 넓은 엄마가
썩 마음에 들지 않았어. 모르
는 아이와 함께 지낼 일도 조
금 걱정이었지. 하지만 당분간만이라는 생각에 크게 마음에
두지 않았어. 집에 혼자 있을 때는 가끔 무섭기도 했는데,
아이가 옆에 있으면 괜찮을 것 같기도 했지.

그런데…….

신경 쓰이는 일이 한두 가지가 아니
었어. 정우는 시도 때도 없이 똥오줌
을 싸고, 밥과 간식도 수시로 달라고
졸랐어. 바뀐 환경이 낯선지 밤마
다 울어대는데 동호는 하루도
편히 잘 수 없었지.

엄마의 다크서클도 하루하

루 진해져 갔어. 그런데도 엄마는 힘든 내색 하나 없이 정우만 보면 방긋방긋 웃었어. 동호는 엄마의 관심과 사랑을 온통 정우에게 빼앗긴 것 같아 살짝 샘도 났어.

"어휴, 귀찮은 오정우. 빨리 가 버렸으면 좋겠네."

동호는 정우의 새 부모님이 어서 나타나길 바랐어.

동호가 학교에 가려고 막 집을 나서는데, 뒤에서 정우가 자꾸만 똥똥거렸어.

"똥똥."

엄마가 생글생글 웃으며 정우 머리를 쓰다듬었어.

"우리 정우, 형아 학교 간다고 인사하는 것 좀 봐."

동호는 뒤를 홱 돌아보며 소리쳤어.

"이게 무슨 인사야? 놀리는 거 아니고?"

동호의 마음도 모르고, 정우는 손가락을 쪽쪽 빨며 방글방글 웃었어. 동호가 정우 손가락을 입에서 빼내며 말했어.

"야, 오정우! 내 이름은 똥이 아니라 동호라고. 이동호. 아침부터 찝찝하게 왜 자꾸 똥똥거리는데?"

자기한테 뭐라고 하는데도 정우는 방글방글 웃기만 했어. 동호가 애써 짜증을 누르며 천천히 말을 이었어.

"똥 말고 동~ 해 봐. 동.호.형."

정우가 작은 입을 오물거리며 천천히 말을 뱉었어.

"똥.똥."

"너, 나 놀리는 게 재밌어서 일부러 그러는 거지? 다른 말은 잘도 하면서. 어휴, 말을 말자."

동호는 그만 포기하고 집을 나섰어. 정우 입에서 이름이 제대로 나오길 기다리다가는 제풀에 지쳐 쓰러질 것 같았지. 그 뒤로도 시끄럽고, 귀찮고, 찝찝한 하루하루가 이어졌어.

그러던 어느 날. 할머니가 집에서 넘어지셨다는 연락이 왔어. 전화를 받고 놀란 엄마는 근처에 있는 할머니 집으로 급히 나서면서 동호에게 정우를 맡겼어.

"할머니 병원 모셔다드리고 빨리 올게. 아빠도 곧 오실 거니까 잠깐만 정우 좀 봐 줘. 무슨 일 있으면 바로 전화하고."

정우가 집에 온 지 벌써 한 달이 지났지만, 단둘이 집에 있는 건 처음이었어. 늘 엄마나 아빠와 함께였는데 새삼 둘이 있으려니 어색했지. 뭐부터 해야 할지 알 수도 없었어. 정우는 방글방글 웃으며 동호 얼굴만 쳐다보고 있었어. 그때 동호 눈에 엄마가 만들어 놓은 감자샐러드가 보였어.

'그래, 일단 먹이고 보자.'

동호가 정우를 보고 말했어.

"오정우, 와서 간식 먹어."

정우가 뒤뚱뒤뚱 식탁으로 걸어왔어. 그러고는 동호를 빤히 올려다보았지.

"에잇, 넌 두 살씩이나 돼서 의자에도 혼자 못 앉냐?"

동호는 투덜거리면서도 정우를 번쩍 안아 의자에 앉혔어. 정우가 또 방글방글 웃었어. 정우는 부드럽게 갈린 감자샐러드를 맛있게 먹었어.

"오정우, 천천히 좀 먹어. 여기 물."

동호는 정우에게 물을 건넸어. 정우가 또 방글방글 웃었어. 그 뒤로 동호는 엄마가 하듯 정우에게 그림책을 읽어 주고, 블록 놀이를 함께 했어. 정우가 웃을 때마다 동호 역시 저도 모르게 웃음이 났어.

그날 이후 엄마는 급한 일이 생길 때면 가끔씩 동호에게 정우를 맡겼어. 잠깐이긴 했지만, 동호는 제법 형처럼 정우를 잘 돌봤어. 주말이면 온 식구가 함께 캠핑도 가고, 놀이동산에도 갔지.

동물을 좋아하는 정우를 위해 동물원에 갔다 온 어느 토요일 밤이었어. 정우가 거실 구석에 등을 돌리고 한참을 앉아 있었어. 꼼지락꼼지락 움직이는 걸 보니 혼자서 무슨 재미난 놀이라도 하는 것 같았지. 궁금해진 동호가 다가가자 정우는 등을 더욱 웅크리고는 가까이 오지 못하게 했어.

"피, 치사한 녀석. 나도 하나도 안 궁금하거든!"

동호는 입을 삐쭉거리며 방으로 휙 들어와 버렸어.

잠시 뒤, 정우가 동호 방으로 들어왔어. 그러고는 조막만 한 손을 가만히 내밀었어. 정우 손에 꼬깃꼬깃 구겨진 노란색 색종이가 놓여 있었어. 연필로 삐뚤빼뚤 눈, 코, 입에 수염까지 그려져 있었지.

"이게 뭐야?"

동호가 묻자 정우가 두 팔을 얼굴 옆에 갖다 대더니 '어흥' 소리를 냈어. 동호는 그제야 정우가 낮에 본 호랑이를 만들었다는 걸 알았어.

"오정우, 제법인데! 이거 나 주는 거야?"

정우가 고개를 끄덕이며 방글방글 웃었어.

"고맙다, 오정우."

동호는 정우처럼 두 팔을 얼굴 옆에 갖다 대고는 '어흥' 소리를 냈어.

동호와 정우는 엄마가 그만하라고 할 때까지 어흥거리며 온 집 안을 어슬렁어슬렁 기어다녔어. 형제 없이 혼자 지내던 동호는 정우가 옆에 있으니 뭘 해도 더 신나고 재미있었지.

그렇게 두 달이 지난 어느 날, 학교에서 돌아온 동호에게 엄마가 할 말이 있다고 했어. 엄마 표정이 평소보다 차분해 보였지. 무슨 일인지 묻는 동호에게 엄마가 조심스레 말을 꺼냈어.

"정우가 좋은 부모님을 만나게 됐어."

동호의 심장이 바닥으로 쿵 내려앉는 것만 같았어. 엄마가 말을 이었어.

"열흘 뒤에 외국으로 떠날 거야."

우리나라도 아니고 외국이라니. 동호는 정우를 다시는 보지 못할 것만 같아 덜컥 겁이 났어. 동호 마음도 모르고 정우는 방글방글 웃고만 있었어.

"오정우! 너는 나랑 헤어지는 게 그렇게 좋냐?"

동호는 괜히 정우에게 신경질을 부렸어. 엄마가 동호 어깨를 토닥였어.

"정우에게 좋은 일이잖아. 우리, 기쁘게 보내 주자."

엄마 말에 동호는 결국 폭발하고 말았어.

"기쁘게? 어떻게 기쁘게 보내요! 엄마는 그게 그렇게 쉬워요?"

엄마는 말없이 동호를 바라보았어. 이대로 가만히 있으면 정말로 정우를 보내야 할 것 같았지. 동호가 얼른 엄마 팔을 붙잡았어.

"그냥 정우 우리가 키우면 안 돼요? 언제는 내 동생이라면서요. 동생을 다른 나라에 보내는 법이 어디 있어요? 제발, 엄마. 네?"

사정사정하는 동호를 보고도 엄마는 가만히 고개를 내저을 뿐이었어. 정우를 그렇게 아끼고 사랑해 주던 엄마가 이번만큼은 단호했지.

그날 동호는 엄마와 많은 이야기를 나누었어. 그리고 동호도 정우를 보내는 일을 받아들일 수밖에 없었지. 그러고 나니 1분 1초가 아깝지 뭐야? 그래서 남은 열흘 동안 동호는 정우 옆에 꼭 붙어 있었어. 잘 때도 함께였지.

그리고 결국 정우를 보내 줄 시간이 오고야 말았어.

엄마는 정우를 위해 한복을 맞췄어. 한복을 입고 방글방글 웃는 정우가 꼭 드라마에 나오는 멋진 도련님처럼 보였어. 동호는 캠핑 갔을 때 찍은 사진을 조그마한 액자에 담아 정우 손에 꼭 쥐여 주었어. 동호랑 정우가 서로 뺨을 맞대고 이가 다 드러나 보이도록 활짝 웃는 사진이었지.

"오정우, 너 형아 잊어버리면 안 돼."

정우는 액자를 손에 꼭 쥐며 방글방글 웃었어.

정우를 배웅하기 위해 동호와 엄마가 함께 공항으로 갔어. 정우의 새 부모님이 공항에서 정우를 기다리고 있었지.

동호는 정우가 새 부모님을 따라 공항 출국장으로 향하는 모습을 가만히 지켜보았어. 눈물이 나올 것 같았지만 입술을 꽉 깨물며 참았지. 정우를 웃으며 보내 주자고 엄마랑 어젯밤 단단히 약속했거든. 동호 손을 꼭 잡고 있는 엄마 손이 파르르 떨렸어. 엄마도 애써 눈물을 참는 것처럼 보였지.

정우는 처음 와 본 공항이 신기한지 주위를 뚤레뚤레 살피며 씩씩하게 걸어갔어.

'칫, 오정우. 뒤도 한 번 안 돌아보냐…….'

얼마쯤 지났을까. 정우가 갑자기 걸음을 멈추었어. 그러고는 천천히 뒤를 돌아보았어. 동호와 정우의 눈이 마주쳤어. 정우가 동호를 보고 방글방글 웃었어. 그러고는 조그마한 입술을 오물오물 움직이더니 천천히 말을 뱉었어.

"형아, 안녕."

늘 뚱뚱거리며 동호를 제대로 불러 주지 않던 정우 입에서 처음으로 형이라는 말이 나왔어. 결국 동호 눈에서 참고 참았던 눈물이 터져 버렸지. 동호는 와락 달려들어 정우를 꽉 안아 주었어.

"잘 가, 내 동생……."

동호는 간신히 한마디를 할 수 있었어.

그렇게 정우는 비행기를 타고 멀리 떠났어.

"이동호, 무슨 일 있어? 표정이 왜 그래?"

엘리베이터에서 만난 정연이가 물었어. 같은 아파트 12층, 13층에 사는 동호와 정연이는 가끔 이렇게 엘리베이터에서 만나.

정연이 물음에 동호는 한숨을 푹 내쉬기만 할 뿐 아무 말도 하지 못했어. 정우 이야기를 하면 금방이라도 눈물이 터져 나올 것 같았거든.

'정연이 앞에서 울긴 싫은데…….'

동호는 늘 주머니 속에 가지고 다니는 종이 호랑이만 만지작거렸어. 정우가 남긴 선물이었지.

"말하기 싫음 말고. 참, 네 동생은 요즘 왜 안 보여?"

결국 정연이가 동호의 눈물 버튼을 눌러 버렸어. 참아 보려 했지만, 동호 눈에 금세 눈물이 그렁그렁 맺혔어. 놀란 정연이가 동호 얼굴을 살피며 조심스레 물었어.

"너…… 울어?"

동호는 결국 정연이 앞에서 엉엉 울음을 터트렸어. 엘리베이터가 1층에서 멈췄지만, 동호의 눈물은 멈추지 않았지.

72

정우가 떠나고 지난 열흘이 동호에게는 10년, 아니 100년보다 더 길게 느껴졌어. 날마다 정우가 보고 싶었고, 밤마다 울면서 잠들었어. 정우 없는 집에 들어가는 것도 힘들었어. 집 안 구석구석 온통 정우의 흔적이 묻어 있었으니까.

갑작스레 울음을 터트린 동호를 보고 정연이는 어쩔 줄 몰라 하다 동호를 놀이터로 데려갔어. 동호는 그곳에서도 한참을 울었어. 정연이는 동호 곁을 가만히 지켜 주었지.

한참을 울던 동호가 간신히 울음을 멈추었어. 그리고 정연이에게 정우가 떠났다는 사실을 털어놓았지. 정연이가 하늘을 올려다보며 착 가라앉은 목소리로 말했어.

"동생이랑 헤어지는 게 어떤 기분인지 나도 잘 알지."

정연이 말에 동호는 한 달 전쯤 정연이가 기르던 고양이가 세상을 떠났다는 사실이 떠올랐어. 동호가 물었어.

"넌 이제 괜찮아……?"

정연이가 어깨를 한 번 으쓱하고는 동호 귀에 무언가를 속삭였어. 정연이 말을 들은 동호 눈이 반짝 빛났어.

갑자기 동호가 벌떡 일어나더니 어딘가로 달려갔어.

딸랑.

경쾌한 종소리와 함께 구구옥의 문이 열렸어. 왱왱 날아다니는 파리를 쫓던 구구가 출입문 쪽으로 홱 고개를 돌렸어. 볼이 통통한 남자아이가 문 앞에 서 있었지. 바로 동호였어.

구구옥을 찾은 두 번째 손님을 보고 구구는 씩 웃었어. 코는 새빨갛고 눈은 퉁퉁 부은 게 딱 봐도 방금까지 펑펑 운 아이 같았거든.

'위로가 필요한 아이가 틀림없군.'

또다시 임무에 성공할 수 있을 거라는 생각에 구구의 가슴이 뛰었어.

"어서 오렴."

구구는 두 날개를 활짝 펼치며 동호를 맞았어.

"네가 구구?"

동호의 물음에 구구가 당연하다는 듯 고개를 끄덕였어. 동호는 구구와 사무실을 번갈아 살폈어. 구구를 썩 미더워하는 것처럼 보이지는 않았지.

구구가 물었어.

"혹시 홍보 포스터를 보고 찾아온 거야?"

구구는 자기가 만든 멋진 포스터를 봤다면 이런 미심쩍은 반응을 보일 리 없다고 생각했어. 아니나 다를까 동호가 고개를 살래살래 저었어.

"난 정연이가 알려 줘서 왔는데."

구구의 머릿속에 첫 손님의 얼굴이 떠올랐어.

'오호라, 백정연. 꽤 기특한 일을 했군.'

흐뭇하게 웃는 구구를 보고 동호가 물었어.

"정말 네가 내 눈물을 쏙 들어가게 해 줄 수 있어?"

동호의 표정이 간절해 보였어. 구구가 자신만만한 표정을 지으며 대꾸했지.

"정연이에게 들었으면 잘 알 텐데? 당연한 소리를 그렇게 자꾸 하면 입만 아프다. 그러지 말고 여기 앉아."

구구가 동호를 나무 책상 앞으로 이끌었어. 그러고는 네모반듯한 서류 가방에서 종이와 연필을 꺼내며 물었지.

"이름."

동호가 이름을 말하자 구구는 종이에 또박또박 이동호라

고 적었어.

"그래, 이동호. 넌 무슨 일로 그렇게 눈물이 나는 건데?"

구구의 물음에 동호가 정우와의 일을 털어놓았어. 구구는 동호의 말을 꼼꼼하게 받아 적었어. 다행히 동호는 정연이처럼 말하는 도중 울음을 터트리지는 않았어. 대신 말을 다 끝내고는 뚱딴지같은 질문을 던졌지.

"혹시 너한테 시간을 되돌리는 능력은 없어?"

구구의 얼굴이 절로 찌푸려졌어.

'황당하기 그지없는 물음이군.'

구구의 속마음도 모르고 동호는 잔뜩 희망에 부푼 얼굴이었어.

"제발 정우가 우리 집에 온 첫날로 시간을 되돌려 줘. 응? 최고의 저승차사라면 그 정도 능력은 있지?"

구구가 이마 위에 난 털을 입바람으로 후 불며 물었어.

"시간을 되돌려 달라……. 대체 왜 그래야 하는데?"

"너무 후회돼서. 정우를 본 척 만 척, 아까운 시간을 한 달이나 흘려 버렸거든."

"정우?"

"응. 엄마가 데려왔던 내 동생 이름이 정우야. 오정우."

시무룩한 표정을 짓던 동호가 눈을 반짝 빛내며 급히 말을 이었어.

"과거로 돌아가면, 정우가 우리 집에 온 첫날부터 바로 같이 놀 거야. 많이 안아 주고, 형이라고 안 불러도 뭐라고 안 할 거야. 그깟 똥이라고 불리는 게 무슨 상관이겠어? 그냥 사랑만 듬뿍 줄 거야. 그러니까 제발…… 시간을 되돌려 줘. 그래 줄 수 있지?"

동호는 어느새 구구에게 정말로 그런 능력이 있다고 철석같이 믿는 것 같았어. 구구는 저도 모르게 한숨을 쉬었어.

"하아, 너 만화를 너무 많이 본 거 아냐?"

"뭐, 뭐……?"

잔뜩 희망에 부풀어 떠들던 동호가 당황스러워하며 말을 잇지 못했어. 구구는 동호가 더는 엉뚱한 소리를 하지 못하게 딱 잘라 말했어.

"너, 설마 이승의 시간을 되돌리는 게 진짜로 가능하다고

생각해? 만화에나 나오는 그런 말도 안 되는 일이? 내가 아
무리 최고의 저승차사라지만, 그런 능력은 없다고."

　단호하게 내뱉는 구구의 말에 동호의 입술이 씰룩씰룩 움
직였어. 금방이라도 울음을 터트릴 것 같은 표정이었어. 구
구에게는 너무나 익숙한 표정이었지. 인간이 상처받았을 때
나오는 표정이니까 말이야. 저승에서 만났던 꼬마도 바로 저
표정을 짓자마자 울음을 터트렸거든.

'내가 또 실수를 한 건가.'

구구는 순간 흠칫했어. 이대로 있다가는 동호에게 위로가 되기는커녕 더 크게 울릴지도 몰랐지. 그럼 강림이 내린 임무는 실패, 완전히 대실패야.

구구는 동호가 울기 전에 재빠르게 머리를 굴렸어. 동호의 마음을 위로해 줄 기막힌 방법이 필요했지. 날개를 달달 떨며 고민하던 구구의 머릿속에 번뜩 좋은 생각이 떠올랐어.

'역시 난 최고의 저승차사라니까. 후훗.'

구구는 동호를 보고 자신만만하게 말을 뱉었어.

"내가 시간을 되돌리는 능력은 없지만, 다른 능력은 있어. 울지 말고 집에 가서 딱 기다려. 더도 덜도 말고, 사흘만."

띠링.

정확히 사흘 뒤, 동호의 핸드폰이 울렸어. 구구에게서 메시지가 와 있었어.

"뭐야, 기껏 기다렸더니 달랑 메시지 하나 보내고 끝?"

동호는 별 기대 없이 구구가 보낸 메시지를 열었어. 하지만 메시지를 확인한 동호의 눈이 금세 커졌어.

핸드폰 속에 방글방글 웃는 정우가 있지 뭐야? 그토록 그리워했던 정우였지. 동호의 가슴이 콩닥콩닥 뛰었어. 정우 옆에는 아이들 네 명도 함께 있었어. 여자아이 둘, 남자아이 둘이었지.

정우는 초록빛 잔디 위에서 아이들과 공놀이를 하고, 술래잡기를 하고, 신나게 사진을 찍었어. 자기한테는 그렇게 뚱뚱거리던 정우가 그 아이들에게는 그새 형, 누나라고 잘도 불렀어.

"그래 봤자 쟤들은 알아듣지도 못할 텐데."

동호는 낯선 아이들을 따르는 정우를 보며 질투가 났어. 하지만 방글방글 웃는 정우를 보며 더는 샘을 낼 수 없었어.

'나 말고도 좋은 형, 누나가 생겨서 다행이야.'

그것도 한꺼번에 네 명씩이나 생겼으니 정우가 받는 사랑도 네 배로 커지지 않겠어?

공항에서 잠시 만났던 정우의 새 부모님도 정우를 무척 아껴 주었어. 정우는 방글방글 웃으며 새로운 엄마, 아빠와 그림책을 봤고, 저녁에는 온 식구가 마당에 모여 바비큐 파티를 했어. 구구가 보낸 여러 장의 사진과 동영상에는 정우의 행복한 하루가 빠짐없이 담겨 있었어. 정우에게 가장 좋은 길을 열어 주는 거라는 엄마의 말을 동호는 그제야 조금 이해할 수 있었지.

"다행이다. 진짜 다행이야."

동호는 핸드폰 화면 속에서 방글방글 웃는 정우 얼굴을 가만히 쓰다듬으며 중얼거렸어. 그리고는 손가락을 꾹꾹 눌러 구구에게 메시지를 보냈어.

> **고마워, 구구.**
> **넌 정말이지 최고야!**

띠링.

구구옥에 축 늘어져 있던 구구의 핸드폰이 울렸어.

구구는 동호에게서 온 메시지를 확인하고는 안도의 숨을 내쉬었어. 그러고는 자기 날개를 토닥거리며 중얼거렸지.

"그럼 당연히 난 최고지. 후유, 고생했다. 귀한 내 날개."

구구는 방금 바다 건너 외국에서 돌아온 참이야. 동호와 약속한 사흘 안에 정우의 모습을 최대한 자세히 담아 동호에게 보여 주고 싶었지. 그러기 위해 1초도 쉬지 않고 숨 가쁘게 날갯짓을 했어.

정우가 새로 만난 가족과 잘 지내는 모습을 보면 동호도 분명 마음이 놓일 거라 여겼거든.

'저승차사 일을 계속했더라면 그깟 순간 이동쯤 일도 아니었을 텐데.'

이승에 머무는 동안 구구는 저승차사로서 가지고 있던 능력도 잃어버렸어.

어쨌든 구구의 작전은 성공, 대성공이야!

두 달 뒤.

동호에게 새 동생이 생겼어.

얼마 전, 엄마는 지난번처럼 입양을 앞둔 아이를 잠시 돌보는 게 어떨지 동호에게 조심스레 물었어. 정우와 헤어질 때 동호가 힘들어했던 걸 알고 걱정스러워하는 것 같았지. 잠시 고민하던 동호는 고개를 끄덕였어. 그리고 이번만큼은 동생과 후회 없는 시간을 보내리라 단단히 마음먹었어.

'정우한테 못 해 준 것까지 다 해 줄 거야.'

동호는 동생이 떠나기 전 좋은 추억을 많이 만들어 주고 싶었어.

"동호야, 동생 왔다!"

경쾌하게 울린 엄마 목소리에 동호는 얼른 밖으로 뛰어나 갔어. 정우처럼 사랑스러운 아이가 엄마 품에 폭 안겨 있었 지. 동호가 두 팔을 활짝 벌리며 큰 소리로 외쳤어.

"어서 와, 내 동생!"

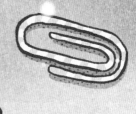

업무보고서

두 번째 의뢰인
이동호(10세, 남)

차사	팀장	대왕
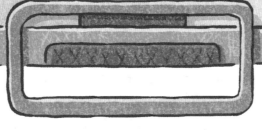		

◈ 사연: 동생이 외국으로 떠나 슬퍼함.

◈ 느낀 점: 끝은 어쩌면 또 다른 시작일지도
　　　　　모른다. 그리고 때로 누군가를 위해
　　　　　내 날개를 희생
　　　　　할 수도 있다.

4장

크리스마스의
악몽, 아니 선물

세 번째 의뢰인 :

강하솔

"엄마, 크리스마스 며칠 남았어요?"

하솔이 말에 엄마가 고개를 절레절레 저으며 대답했어.

"어제도 묻고 또 물어? 이제 딱 사흘만 기다리면 되잖아. 대체 크리스마스를 왜 그렇게 기다리는 건데? 5학년씩이나 돼서 산타 할아버지라도 기다리는 거야?"

"그건 비밀!"

하솔이는 싱긋 웃으며 혀를 쏙 내밀었어.

일 월 화 수 목 금 토

25

크리스마스!

엄마에게는 비밀이라고 했지만, 하솔이가 이번 크리스마스를 기다리는 데는 아주아주 특별한 이유가 있어.

아빠가 크리스마스 선물로 야구 배트와 글러브, 그리고 야구공을 사 주기로 했거든. 하솔이가 가장 원하는 최고의 선물이지.

'아빠한테 선물 받으면 찬영이랑 날마다 야구 해야지.'

그럼 찬영이처럼 학교 야구부에 들어갈 수 있을지도 몰라. 하솔이는 생각만으로도 가슴이 콩닥콩닥 뛰었어.

'아직 엄마 허락은 못 받았지만, 내 실력이 쑥쑥 늘면 계속 반대하지는 않으실 거야.'

저녁이면 늘 조그마한 핸드폰 화면으로 야구만 보던 아빠를 이해하지 못하던 하솔이었어. 그런데 찬영이랑 같이 다니다 보니 자연스레 야구에 관심이 생겼지.

찬영이는 하솔이가 5학년에 올라와서 새로 사귄 친구야. 4학년 때부터 학교 야구부에서 뛰고 있어. 하솔이는 찬영이가 야구하는 모습을 본 뒤로 야구에 자꾸만 마음이 갔어.

아빠는 그런 하솔이를 반기며 쉬는 날이면 야구장에 데려갔지. 프로야구 선수들이 직접 뛰는 모습을 보는 것은 하솔이 에게 또 다른 기쁨이었어. 작은 야구공이 타자가 휘두르는 방 망이에 탕 맞아 하늘로 쭉 뻗어 나가는 순간의 짜릿함이란!

게다가 야구장에서 먹는 치킨이랑 콜라는 세상에서 가장 맛있는 음식이었어. 아빠랑 어깨동무하고 목이 쉬도록 응원가를 부를 때면 가슴이 뻥 뚫리는 기분이었지.

　그리고 마침내 하솔이에게도 꿈이 생겼어. 그라운드 위에서 멋지게 방망이를 휘두르는 야구 선수가 되고 싶다는 꿈! 그날부터 하솔이는 날마다 엄마를 졸랐어.

　"나도 야구 배울래요."

　하지만 엄마는 하솔이의 꿈을 쉽게 인정해 주지 않았어.

　"아무나 야구 선수 하는 거 아니야. 프로야구 선수 정도 되려면 일찍부터 야구를 시작했어야 한다고. 너, 벌써 5학년이잖아. 괜히 헛바람 들지 말고 공부나 열심히 해."

　"선생님이 그러는데 늦었다고 생각할 때가 가장 빠른 거래요. 저, 잘할 수 있다니까요. 자신 있다고요!"

　"세상이 그렇게 만만한 게 아니란다, 아들."

　날마다 하솔이와 엄마 사이에 같은 대화가 오갔고, 둘은 영영 만날 수 없는 평행선을 걷는 것 같았지. 실망하는 하솔이에게 희망의 빛을 안겨 준 건 아빠였어.

하루는 평일에 일을 쉬게 된 아빠가 하솔이를 학교 운동장으로 데려갔어. 운동장에서는 야구부가 한창 연습을 하고 있었지. 그 속에는 찬영이도 있었어. 하솔이가 부러운 눈빛으로 찬영이를 바라보고 있을 때, 아빠가 물었어.

"우리 아들, 정말 야구가 하고 싶어?"

하솔이가 눈을 반짝 빛내며 답했어.

"네! 야구 선수가 되면 진짜 행복할 것 같아요."

아빠가 씩 웃으며 하솔이 어깨에 팔을 척 둘렀어.

"드디어 우리 아들에게도 꿈이 생겼구나. 축하해. 그런 의미에서 이번 크리스마스 선물은 야구 배트랑 글러브, 그리고 야구공이다!"

아빠 말에 하솔이는 너무 기뻐 제자리에서 방방 뛰었어. 유치원 때 이후 처음으로 아빠 볼에 뽀뽀도 쪽 했지. 아빠가 방그레 웃었어.

"사실 아빠도 어릴 때 야구 선수가 되고 싶었는데 할머니가 반대해서 못 했어. 그래서 요즘도 맨날 야구만 보잖냐. 네가 그렇게까지 야구가 하고 싶다고 하니 엄마는 아빠가 잘 설득해 볼게."

아빠는 이렇게 말하면서 한쪽 눈을 찡긋했어. 야구 배트랑 글러브, 야구공이 생기면 쉬는 날마다 같이 야구를 하자고 새끼손가락 걸고 약속도 했어. 하솔이는 아빠랑 같이 야구 연습을 할 생각에 신이 났어. 얼른 크리스마스가 와서 선물이 눈앞에 뿅 나타나길 바랐지.

'드디어 내일이다!'

하솔이가 그토록 기다리던 크리스마스가 하루 앞으로 다가왔어. 하솔이는 핸드폰 시계를 수시로 살피며 아빠가 어서 집으로 돌아오기를 기다렸지. 하솔이 아빠는 소방관이야. 하솔이는 사람의 생명을 구하는 아빠가 영화에 나오는 슈퍼히어로 같아 자랑스러워.

"오늘따라 많이 늦으시네……."

하지만 아무리 기다려도 아빠가 오지 않았어. 엄마는 저녁 준비를 다 끝냈는데도 아빠가 오지 않자 전화를 걸어 보았어. 신호만 갈 뿐, 연결되지 않았지.

"아빠 출동 나갔나 보다. 하솔아, 우리 먼저 저녁 먹자."

"배 하나도 안 고파요. 아빠 오면 같이 먹을래요."

"그럴래? 그럼 날도 날이니만큼 조금만 더 기다려 볼까?"

하지만 그날, 아빠는 끝내 집으로 돌아오지 않았어. 불길 속에서 어린아이를 구하고 아빠는 빠져나오지 못했거든.

하솔이에게 돌아온 건 아빠 가방에 들어 있던 야구 배트와 글러브, 야구공뿐이었지.

"아빠, 미워."

아빠가 떠나고 일주일 뒤. 하솔이가 텅 빈 학교 운동장을 바라보며 중얼거렸어. 그러다 곧 고개를 세차게 저었어.

"아니, 안 미워. 그냥…… 보고 싶어, 아빠……."

운동장에 앉아 있으니 아빠가 하솔이 꿈을 처음으로 응원해 준 날이 떠올랐어. 정말이지 꿈만 같은 시간이었어. 하지만 이제 아빠는 영영 돌아올 수 없는 곳으로 떠나 버렸지.

하솔이는 옆에 놓인 아빠의 마지막 선물을 가만히 들여다 보았어. 그렇게 좋아하는 야구였지만, 아빠가 떠난 뒤에는 꼴 보기 싫었어. 아무것도 할 수 없고 날마다 눈물만 나왔지.

방학이라 학교 운동장에는 아이들도 보이지 않았어. 하솔이는 오래오래 운동장에 홀로 앉아 있었어.

그때.

푸드드득!

어디선가 요란하게 날갯짓하는 소리가 들려왔어. 하솔이가 고개를 드니 비둘기 한 마리가 하솔이를 빤히 바라보며 막 땅으로 내려앉고 있었어. 주름 하나 없는 새까만 양복을 차려입은 구구였어.

"우냐?"

구구가 하솔이를 보고 대뜸 물었어. 하솔이가 얼른 눈가를 훔치며 답했어.

"우, 울긴 누가?"

"코가 빨간데."

"감기 걸려서 코 풀었거든."

"눈도 빨간데."

"누, 눈에 뭐가 들어갔나 보지."

"내가 다 봤는데."

"……."

구구가 마지막으로 던진 말에 하솔이는 그만 말문이 막혀 버렸어. 당황하는 하솔이를 보고 구구가 네모반듯한 서류 가방에서 구김 하나 없는 종이 한 장을 꺼냈어.

"받아."

하솔이는 얼떨결에 구구가 내민 종이를 받아들었어.

"내가 울고 있는 아이는 그냥 지나치지 못하거든."

하솔이는 구구가 던진 알쏭달쏭한 말을 들으며 종이에 적힌 글을 천천히 읽어 보았어.

"구구……옥? 이게 대체 다 무슨 말이야?"

한참 동안 홍보 포스터를 들여다보던 하솔이가 물었어. 구구가 고개를 갸웃했어.

"너, 설마 글자 해독 능력이 없는 거냐?"

자신을 놀린다고 생각했는지 하솔이 눈에 힘이 들어갔어.

'아차, 쓸데없는 말을 했군. 오랜만에 만난 손님의 기분을 상하게 하면 안 되지.'

구구는 자기 실수를 깨닫고 최대한 부드럽게 말했어.

"거기 쓰인 그대로야. 내가 네 눈물을 쏙 들어가게 해 줄 수 있다고."

"그럼 네가…… 구구?"

하솔이가 '최고의 저승차사 구구'라고 적힌 글자를 가리키며 물었어.

"딱 봐도 최고의 저승차사처럼 생겼잖아. 입 아프게 왜 묻냐?"

하솔이가 갑자기 벌떡 일어나 구구 앞으로 바짝 다가섰어.

"그럼 너, 우리 아빠도 만났어?"

뜬금없는 물음에 구구가 어리둥절해하며 답했어.

"아, 아빠? 내가 너희 아빠를 왜……?"

구구 말이 채 끝나기도 전에 하솔이가 말을 가로챘어.

"너, 저승차사라면서. 그럼 죽은 사람들도 만나고 그러는 거 아냐?"

잘 생각해 봐.
부탁이야.
우, 우리 아빠는
키도 크고 소방관인데…….

구구는 그제야 하솔이 사정을 대충 짐작할 수 있었어. 하지만 강림이 내린 임무를 수행하느라 내내 이승에 있던 구구가 하솔이 아빠를 만났을 리 없잖아?

구구가 솔직하게 답했어.

"네 아빠는 본 적 없어. 누군지도 모르고."

하솔이가 눈에 띄게 실망하며 중얼거렸어.

"설마 했는데……. 역시 최고의 저승차사라고 한 건 거짓말이구나."

자존심을 건드리는 말에 구구가 발끈했어.

"어허, 거짓말이라니! 봐, 여기."

구구는 자신의 왼쪽 가슴을 가리켰어. 거기에는 이승에 내려와서 단 한 순간도 떼어 놓지 않은 최고의 저승차사 배지가 달려 있었지.

하솔이는 배지를 슬쩍 들여다보긴 했지만, 구구의 말을 믿기는 힘들었어. 낡고 낡은 배지는 썩 대단해 보이지도 않았지. 하지만 구구와 실랑이 벌이고 싶지 않아 그냥 고개를 끄덕이고 말았어.

"알았어, 믿어 줄게."

"어허, 이럴 땐 '믿어 준다'가 아니라 '믿는다'라고 해야지. 그게 바른 표현이야. 그리고 내가 누군지 알았으면 네 이름도 밝히는 게 예의 아니냐?"

눈을 똑바로 뜨고 한마디, 한마디를 콕콕 집어 따지는 구구를 보고 하솔이는 참 깐깐한 비둘기라고 생각했어. 하솔이는 할 수 없이 구구가 원하는 답을 들려주었어.

"그래, 믿어. 나는 강하솔이야."

그제야 구구가 만족스러운 표정을 지었어.

구구의 예절 교실

믿어 준다 (X)
믿는다 (O)

이래 봬도
난 한참 어른이라고.

"좋아, 강하솔. 그럼 이제 네 사연을 들어 볼까? 왜 아무도 없는 운동장에 앉아서 울고 있었어?"

구구의 말에 하솔이는 고개를 숙인 채 입술을 살짝 깨물었어. 아빠 생각을 하자 금방이라도 눈물이 터져 나올 것 같았지. 하솔이가 쉽게 입을 열지 않자 구구가 먼저 물었어.

"돌아가신 아빠라도 보고 싶은 거야?"

하솔이가 고개를 번쩍 들고 구구를 바라보았어.

"어, 어떻게 알았어? 설마 너…… 정말 저승차사인 거야? 저승차사는 막 사람 마음도 읽고 그러는 거야?"

구구는 헛웃음이 나오려는 걸 간신히 참았어.

하솔이 아빠가 이 세상 사람이 아니라는 건 구구가 저승차사라고 밝히자마자 보인 하솔이 반응만으로도 충분히 짐작할 수 있었어.

'고작 몇 분 전에 자기가 털어놓고도 모르다니.'

구구는 평소 성격대로 칼같이 오해를 바로잡을까 하다 그만두었어. 임무에 성공하려면 일단 하솔이 사연부터 들어야 했으니까.

"도대체 몇 번을 더 말해야 해? 이제 그런 초보적인 질문은 그만하고, 네 이야기를 해 봐. 너처럼 누군가와 헤어져 슬퍼하던 아이들이 내 위로 덕분에 지금은 꽤 잘 지내고 있거든."

구구는 정연이와 동호를 떠올리며 말했어. 그 아이들을 생각하자 저도 모르게 슬며시 입꼬리가 올라갔어.

하솔이는 구구를 한 번 보고, 홍보 포스터에 적힌 글을 다시 한번 들여다보았어. 잠시 고민하던 하솔이가 결심한 듯 천천히 입을 열었어.

"아빠랑…… 야구를 하고 싶었어. 이렇게 갑자기 날 떠날 줄은…… 정말이지 몰랐어."

하솔이는 아빠와 했던 약속, 아빠의 마지막 선물, 아빠와의 이별까지. 그동안 있었던 일을 힘겹게 전했어.

그런데 참 이상한 일이지. 한 번씩 하솔이가 울먹일 때마다 구구의 가슴도 찌르르 울리지 뭐야?

"아빠를 다시 보고 싶어. 아무것도 안 해도 그냥 옆에 있기만 하면 좋겠어. 그런데 이제는 볼 수 없잖아……."

하솔이 눈에서 또다시 눈물이 흘러내렸어. 하솔이의 슬픔이 구구에게도 그대로 전해졌어. 결국 구구도 고개를 돌리고 하솔이 몰래 눈물을 훔쳤지.

'하아, 내가 왜 이러지? 이승에 너무 오래 있었더니 이상해진 게 틀림없어.'

구구는 다른 사람의 말을 듣고 눈물을 흘리는 자신이 무척 낯설게 느껴졌어. 그러다 처음으로 임무 때문이 아니라, 진심으로 하솔이를 위로해 주고 싶다는 마음이 들었지.

하지만 도무지 마땅한 수가 떠오르지 않았어.

'아빠를 잃고 슬퍼하는 아이를 대체 어떻게 위로해 줄 수 있겠어……. 죽은 사람을 다시 살려 낼 수도 없잖아. 수명이 남은 아이를 저승으로 데려갈 수도 없는 노릇이고.'

그때, 구구 눈에 무언가가 들어왔어. 하솔이 아빠가 남긴 마지막 선물. 야구 배트와 글러브 그리고 야구공이었지.

'바로 저거야!'

무언가를 결심한 구구가 두 다리로 야구공을 집어 든 뒤 훌쩍 날아올랐어. 하솔이가 어리둥절한 표정을 지으며 자리에서 벌떡 일어섰어.

"뭐, 뭐 하는 거야? 이리 내."

하솔이는 아빠가 남긴 소중한 선물을 잃을까 봐 발을 동동 굴렀어.

"자, 받아."

구구가 두 다리에 힘을 준 뒤 하솔이를 향해 야구공을 휙 던졌어.

"뭐야, 지금 야구 할 기분 아니거든."

하솔이가 야구공을 챙기며 도로 자리에 털썩 주저앉았어. 구구가 다시 야구공을 휙 낚아챘어. 그러고는 하늘 높이 날아오르며 외쳤지.

"보여 주자, 우리. 너희 아빠한테."

"뭘······?"

"네 야구 실력. 너, 야구 좋아하잖아. 아빠가 떠났다고 야구까지 포기할 거야? 좋아하는 걸 한꺼번에 두 가지나 잃는 건 어리석은 짓이거든. 그건 너희 아빠도 원하지 않겠지."

구구가 던진 말에 하솔이가 잠시 움찔했어. 그 모습을 보고 구구가 다시 힘주어 말을 이었어.

"그러니까 보여 주자고. 하늘나라에서 지켜보고 있을 너희 아빠에게."

하솔이가 고개를 절레절레 저으며 힘없이 대꾸했어.

"아빠는 이미 죽었는데 나를 어떻게 봐? 내가 야구를 하는지 안 하는지 이제 알지도 못할 텐데."

하솔이 말을 듣고 구구가 답답하다는 듯 목소리를 높였어.

"벌써 잊었어? 내가 최고의 저승차사라는 걸. 죽은 자의 세계는 내가 빠삭하게 꿰고 있다고. 네 아빠는 늘 너를 지켜보고 계셔. 저기 저 하늘나라에서."

구구가 한쪽 날개로 하늘을 가리키며 조용히 한마디를 덧붙였어.

"숱하게 많은 망자들

을 만나 봤지만, 그
렇게 사랑하는 아
들을 잊어버리는 아
빠는 세상에 없다고."

하솔이가 구구의 날개
를 따라 가만히 하늘을
올려다보았어. 최고의 저승
차사가 거짓말을 할 것 같진 않았어. 아니, 거짓말이라고 하
더라도 왠지 구구의 말을 믿고 싶었지.

잠시 하늘을 올려다보던 하솔이가 자리를 툭툭 털고 일어
나 야구 방망이를 들었어.

"그럼 저승차사가 얼마나 공을 잘 던지는지 볼까?"

하솔이가 허공에 대고 방망이를 휘잉휘잉 휘두르며 장난
스레 말을 뱉었어.

"깜짝 놀라지나 마."

구구가 두 다리에 힘을 단단히 주었어. 그러고는 하솔이를
향해 힘껏 야구공을 던졌어.

휘―잉.

하솔이 방망이가 허공을 갈랐어. 공에는 손톱만큼도 닿지 못했지. 그 뒤로도 하솔이는 번번이 헛스윙을 하고 말았어. 어느새 하솔이 등이 땀으로 흠뻑 젖어 들었어. 한겨울인데 추운 줄도 몰랐지. 하솔이가 숨을 헉헉 내쉬며 투덜거렸어.

"무슨 비둘기가 이렇게 공을 잘 던져? 너, 최고의 저승차사라는 거 뻥이지? 저승에서 맨날 야구만 하고 팽팽 놀았지?"

구구가 코웃음을 치며 말했어.

"원래 실력 없는 사람이 말만 많은 법. 입 열기도 힘들어 보이는데 그만 떠들고 내 공이나 받지?"

구구가 다시 한번 하솔이를 향해 야구공을 던졌어. 하솔이가 입을 앙다물고 방망이를 힘껏 휘둘렀어.

경쾌한 소리와 함께 방망이 한가운데 제대로 맞은 야구공이 하늘 높이 날아올랐어. 하솔이는 하늘 높이 떠 있는 야구공 위로 아빠가 방긋 웃는 모습을 본 것도 같았지.

"맞았다!"

"오, 이 정도면 홈런 타자도 하겠는걸."

구구가 하솔이 실력을 칭찬했어. 하솔이 표정이 한결 밝아진 걸 보고 구구는 그제야 조금 마음이 놓였어. 어느새 구구의 셔츠도 땀으로 흠뻑 젖어 있었지. 구구는 하솔이에게 야구공을 건네며 마음을 담아 말했어.

"아빠가 보고 싶을 땐 그렇게 힘껏 야구 방망이를 휘둘러. 그럼 네 마음이 하늘까지 닿을 거야."

하솔이가 야구공을 손에 받아 들었어. 딱딱하고 차갑기만 했던 야구공이 이상하게 따뜻했지. 하솔이가 구구를 보고 고개를 크게 끄덕이며 씩 웃었어. 구구도 함께 마주 웃어 보이고는 인사를 건넸어.

"잘 지내, 강하솔."

"안녕, 구구."

구구는 네모반듯한 서류 가방을 챙겨 들고 새까만 양복을 휘날리며 도도하게 운동장을 가로질러 갔어.

하솔이는 구구의 모습이 조그만 점처럼 보일 때까지 오래오래 그 뒷모습을 바라보았어. 지금 이 순간이 꼭 아빠가 보낸 선물처럼 느껴졌지.

5장

구구의 자리

"구구 이 녀석, 분명 잘해 낼 줄 알았지."

강림이 코를 팽 풀며 혼잣말을 중얼거렸어. 그러고는 구구
가 마지막으로 올린 보고서를 다시 한번 꼼꼼하게 훑어보았
어. 보고서를 읽을 때마다 저도 모르게 눈물이 나 늘 휴지를
옆에 챙겨 두었는데, 그건 이번에도 마찬가지였지.

구구가 이승으로 내려간 지 벌써 석 달. 그동안 구구는 세
명의 아이를 만났고, 그들의 마음을 제법 잘 위로해 주었어.
강림의 기대 이상이었지.

"뛰어난 차사를 이승에 너무 오래 머물게 했군. 구구도 이제 꽤 성숙해진 것 같고."

강림은 그만 구구를 불러들일 때가 됐다고 여겼어. 보고서를 챙겨 들고 자리에서 벌떡 일어선 강림이 눈 깜짝할 새 이승으로 내려갔지.

눈앞에 자그마한 한옥이 보였어. 세월의 흔적이 묻어 있는 대문 너머에는 '구구옥'이라고 쓰인 간판이 걸려 있었어. 구구의 멋진 필체가 돋보이는 간판이었지. 강림은 흐뭇한 표정을 지으며 성큼성큼 걸음을 내디뎠어.

딸랑.

경쾌한 종소리와 함께 구구옥의 문이 열렸어. 구구는 나무 책상 앞에 앉아 정신없이 홍보 포스터를 만들고 있었어. 이승에 내려온 지 벌써 석 달. 홍보 포스터도 어느새 바닥이 나 버렸거든.

구구는 손님의 얼굴은 쳐다보지도 않고 말을 뱉었어.

"잠시 앉아 기다려. 1분이면 끝나거든."

구구의 말투는 저승에 있을 때와 변함없이 건방지기 짝이

없었어. 강림은 피식 웃음이 나오려는 걸 간신히 참고 근엄
하게 말을 뱉었어.

갑작스레 울린 강림의 목소리를 듣고 구구가 고개를 번쩍 들었어.

'이승에 너무 오래 있었더니 헛것이 보이나.'

구구는 고개를 세차게 흔들어 보았지만 변하는 것은 없었어. 강림이 눈앞에 뒷짐을 척 지고 서 있지 뭐야? 구구가 얼른 의자에서 일어났어.

"소식도 없이 어쩐 일로?"

강림이 순간 매서운 눈빛으로 구구를 쏘아보았어.

'내가 또 뭘 잘못한 건가. 뭐야, 이번엔 또 무슨 벌인데?'

구구는 침을 꼴깍 삼키며 강림의 다음 말을 기다렸어. 근엄한 강림의 목소리가 구구옥 안을 우렁우렁 울렸어.

"최고의 저승차사가 이리 오래 이승에 머물러서야 쓰나. 이제 그만 네 자리를 찾아야 하지 않겠느냐?"

똑똑한 구구였지만, 강림의 말을 해석하는 데는 약간의 시간이 필요했어. 잠시 뒤, 구구가 확인하듯 물었지.

"그 말씀은 제가 다시 저승차사로 돌아간다는 뜻……?"

강림이 벙싯 웃으며 시원스레 고개를 끄덕였어.

"내가 내린 임무를 성실히 완수했으니 나랑 같이 돌아가자 꾸나."

강림은 구구가 기뻐하며 당장이라도 짐을 챙겨 들고 자신을 따라나설 줄 알았어. 그런데 구구는 어딘지 모르게 불만스러운 표정을 짓고 있지 뭐야? 강림이 고개를 갸웃하며 물었어.

"왜, 가기 싫으냐?"

구구가 나무 책상 위를 가리키며 투덜거렸어.

"저승으로 데려갈 거면 진즉 와서 알려 주시지. 저거 만드느라 밤까지 꼴딱 샜다고요."

나무 책상 위에는 구구옥의 홍보 포스터가 수북이 쌓여 있었어.

비단 자신이 한 헛수고 때문일까? 강림은 구구의 표정을 눈여겨 살폈어. 왠지 모르게 이승을 떠나는 걸 아쉬워하는 것처럼 보였지. 입을 삐쭉거리던 구구가 최고의 저승차사 배지를 가만히 매만지며 말했어.

"좋아요, 갑시다. 저승으로."

구구가 네모반듯한 서류 가방을 챙겨 들었어.

'홍보 포스터는…… 그냥 두고 가야겠지?'

천천히 뒤를 돌아 막 구구옥을 나서는데 한옥 대문 밑으로
쪽지 한 장이 삐죽 나와 있는 게 보였어. 구구는 고개를 갸웃
하며 쪽지를 펼쳐 보았어. 거기에는 또박또박한 글씨로 구구
에게 쓴 편지가 적혀 있었어.

안녕, 구구!

너에게 가장 먼저 소식을 전하기 위해 들렀는데 없네.

나처럼 슬퍼하는 아이를 또 위로해 주러 간 건가.

대신 편지 남긴다. 나 얼마 전에 학교 야구부에 들어갔어.

엄마도 드디어 내 꿈을 허락했거든.

그리고 이게 진짜 대박 소식인데. 뭔지 궁금하지?

뭐냐면...... 두구두구두구~

내가 4번 타자로 뛰게 됐어!

곧 옆 학교와 경기를 하는데, 감독님이 4번 타자로 한번 뛰어

보라고 하시지 뭐야. 이건 정말 기적이야.

야구를 시작한 지 얼마 안 된 내게 이런 행운이 오다니!

우리 아빠도 하늘나라에서 무지 기뻐하시겠지?

고마워, 구구. 다 네 덕분이야. 넌 정말 최고의 저승차사인가 봐!

또 소식 전할게.

- 4번 타자 강하솔이 구구에게 씀 -

구구는 하솔이의 편지를 읽고 또 읽었어. 구구의 입꼬리가 저도 모르게 위로 쓱 올라가자, 강림이 고개를 갸웃했지.

'구구 저 녀석이 웃다니, 내가 잘못 본 건가.'

구구는 하솔이의 편지를 고이 접어 새까만 양복 주머니에 넣었어. 그러고는 구구옥의 간판을 가만히 올려다보았어. 자연스레 그동안 자신이 만났던 세 아이의 얼굴이 차례로 스쳐 지나갔지. 그러자 가슴 한구석이 따뜻하게 데워지는 기분이 들었어. 구구로서는 처음 느껴보는 감정이었지.

한참 동안 구구옥 간판을 바라보던 구구가 강림을 보며 조심스레 말을 꺼냈어.

"이곳을…… 조금 더 지키고 싶습니다."

갑작스러운 구구의 말에 강림이 놀라 물었어.

"이곳을 지키고 싶다니? 그럼 이승에 계속 머물겠다는 뜻이냐?"

구구가 가만히 고개를 끄덕였어.

"아니, 최고의 저승차사 자리를 그렇게 자랑스러워하는 네가 왜……."

강림은 말을 채 잇지 못했어. 구구의 표정을 보니 진심으로 하는 말이 틀림없었거든.

'가뜩이나 저승에 일손도 부족한데…….'

하지만 구구의 청을 단칼에 잘라 버리기는 힘들었어. 구구가 자신이 원하는 걸 말하는 일은 처음이었으니까. 구구는 이제껏 묵묵히 저승차사 일에만 힘써 왔거든.

강림은 후유 한숨을 한 번 내쉬고는 시원스레 답했어.

"좋다. 아직 네가 이승에서 할 일이 남은 것 같구나. 그치만 저승을 너무 오래 잊어버리면 안 된다. 너는 누가 뭐래도 최고의 저승차사이니."

강림은 그 말을 남기고는 눈 깜짝할 새 사라져 버렸어. 구구는 안도의 숨을 내쉬었지. 자기 뜻을 받아들여 준 강림이 무척 고맙지 뭐야.

구구는 싱긋 웃으며 구구옥 안으로 성큼 걸어 들어갔어.

며칠 뒤

털썩—

딸랑~

웃짜—

어서 오렴,
꼬마 손님!